邵燕祥 著

孤独不是生活

GUDU BUSHI SHENGHUO

——邵燕祥自选抒情诗

『百年新诗』丛书

语文出版社
·北京·

图书在版编目（CIP）数据

孤独不是生活 ： 邵燕祥自选抒情诗 / 邵燕祥著. —
北京 ： 语文出版社, 2018.4
ISBN 978-7-5187-0588-7

Ⅰ. ①孤… Ⅱ. ①邵… Ⅲ. ①抒情诗－诗集－中国－当代②诗歌评论－中国－当代 Ⅳ. ①I227.2②I207.22

中国版本图书馆CIP数据核字(2017)第309504号

责任编辑 冀丽萍
封面设计 吴燕妮
出　　版 语文出版社
地　　址 北京市东城区朝阳门内南小街51号　100010
电子信箱 ywcbsywp@163.com
排　　版 北京九章文化有限公司
印刷装订 北京市科星印刷有限责任公司
发　　行 语文出版社　新华书店经销
规　　格 890mm×1240mm
开　　本 A5
印　　张 6.875
字　　数 105千字
版　　次 2018年4月第1版
印　　次 2018年4月第1次印刷
定　　价 30.00元

010-65253954(咨询) 010-65251033(购书) 010-65250075(印装质量)

日神在前酒神在后
桂冠在左荆冠在右
追忆毕生与诗结缘恍如一场
自由诗与格律诗的嘉年华
酒阑人散归家一路踽踽凉凉却
仍不免拣拾草色鸟声零篇断句

燕祥
又逢丁酉
冬至京门

还他格律

放我歌喉

一九五六年冬，忆西湖结约

邵燕祥

二〇一七年

岁暮

小　序

早年，就是说 1947—1948 年间，我写过：

从地狱出来，

便不再有恐惧，

如摈绝了天堂，

也便永远不回去。

——《倔强》

还写过：

把荒野的尸布撕破

把天空的棺盖射穿……

——《箭楼》

甚至有临近爆炸点的“我们有绞死绞刑者的绞刑，我们有颠覆阴谋者的‘阴谋’”，还有《囚徒歌》结尾“好儿女，好儿女，到死心如铁”那为自由而赴死的心声。

这些是广义的抒情诗，寄托着一个激情少年的挑战与追求。抗议的基调是阳刚之气，即使是个人的冥想和独白，也是诉诸公众的。

如屈原所说的“抒愤懑”，是缘于对社会黑暗的不满和反抗，那歌唱者的思想感情也折射着超出个体的公共性。在一定意义上说属于政治诗的范畴，似乎也未为不可。

在这本自选的诗稿里，侧重于完全出自个人机杼的，不带其他社会附加值的小诗，或者叫作狭义的抒情诗吧。多数是阴柔的，轻声细语的，诉诸自己和亲爱者的，带有私人情感性质的。这里少了些粗浅的浮光掠影，多了发自肺腑的真诚。有少数从来没有发表过，还有不少如果在某一时期集中面世，肯定会招惹是非的。但经过如 1980 年代的改革开放，人们的精神世界接受了自然界和社会上的雨露阳光，视野开阔了，胸怀随之宽容了。我在检点旧作时，不惮把一些稚拙但不失天真的东西拿出来，希望读到它的朋友能有所会心。

现在记忆衰退了，但这些诗里保留了我几十年片断的情感记忆。忘记我曾在什么地方有几句写给读者的话，最后一句是：

请读我的心吧！

邵燕祥

2017 年 12 月 19 日

目　　录

上编　孤独不是生活

有朋友从酒泉来
赠我一对夜光杯

哪儿能得这样的美酒
使我燃烧而清醒不醉

1956年"夜光杯"短句

燕祥
2017年岁暮

我 想 念 你

冰河解冻了
冰河解冻了
春天打开窗户跑出来
到处亮遍爱情的消息

我想念你
我想念你
陌生的孩子
谁叫我们邂逅在一起？

我时时在痴想
我的心被你搅乱
我时时想起你那
庄严、温和、明朗得
好像蓝天一样
　悬着两颗明亮的星星的脸

你爱书，我就送你
一些百读不厌的礼物
翻一百次书篇
想一百次我
你爱跳舞
我这鼓手便忠实跟随
每一个兴奋的鼓点，追逐你
每一个轻盈的舞步

我愿意
被你看见
我愿意
被你想念
啊，我曾否
走进过
你那一双坚定的眼睛
你肯不肯
给我一个
早熟的爱情？

爱情应当
成熟在春天
等到秋天
够多晚？

1948 年 2 月 3 日

荼 蘼 花 开

数啊数到酒色的荼蘼
春天悄悄地抽身而去
把一切交付给更成熟的季节
谢过南风草草几笔
这时把一身的花瓣落满
浓绿的叶荫下的潮泥

种植下荼蘼花的孩子
在花结蕾的时候便已告辞

他相信明年花开前回来
提起健壮的脚没有罣记
幽怨的荼蘼花将被什么替代
鲜红的石榴？金黄的黍稷？

年轻的孩子没牵念地走了
荼蘼寂寞地落花满地

1948 年 4 月 25 日

共　　伞

你走了
我送你到门外的路上……

忽然，乌云的山崩落了雨和雹子，
凄烈的雷闪织着风丝。

你没有伞，

我却想得到你的勇敢的样子。

我想你正握了拳向风雨冲去，

想起你的话我放了心——

是的，你说过：

我们同是在一柄大伞的底下……

1948 年 7 月 21 日

冬

卖炭的摇着小鼓

推车过去了

送稻草的吆喝着

推车过去了

车辙上散着冰渣
独轮车往哪里去?

雪天的鸟雀在檐下
啁啁地叫起来
踞坐的火炉膛里
辟拍地燎起来

炉上的水壶像汽笛长鸣
沸腾的呼唤从哪里来?

1948 年 12 月 5 日

春　风

春风，你不要把他吹醉
他正唱着思念的歌呢

春风，你不要把他吹醒
他正做着怀人的梦

1954 年 12 月 12 日

钱　塘　江

隐向云中去，
原从雾里来，
帆船有意还是无意，
忽而靠拢忽而离开。

是哪个山瓶漾出的绿酒，
你静静地流，静静地流……
八月，钱塘江，你是怎样的景象？
怎样的景象啊，当你涨潮的时候！

1954 年 12 月 18 日

有一条小河

有一条小河哗啦啦地响，
好像在向谁诉着衷肠，
小河的心里不平静，
他思念着一个担水的姑娘。

“那一天你来到河边担水，
水桶弄得我心波荡漾，
后来你怎么再也不来，
再也不来到河边看望？

“为什么你再不来担水？
为什么你也不来洗衣裳？
哪怕是来照照影儿也好，
我是多么的把你盼望！”

“门前开了一口甜水井，

一样能担水、洗衣裳。
你干嘛一股劲傻等着我，
担水的又不光我一个姑娘！”

无　　题

你给我多少次希望，
又给我多少次失望。
你教我懂了爱，也懂了痛苦，
我的娇小的、诡谲的姑娘！

好心的人们还总来问我：
她暗示了吗？她答应了吗？
明明你已经心许了别人，
我怎么能说你一句坏话？

矜　持

当我这样望着你的时候，
你却一眼也不看我，
但是我偷眼看你时，
却遇见你炯炯的眼波。

当我远远地向你走来，
看到你和女伴有说有笑，
可是我一走近你的面前，
你为什么一下变得缄默？

我有几句话几次溜到嘴边，
你是不是也有话要对我说？
让我猜一猜你心中的话，
但愿我，但愿我不要猜错……

儿童诗二首

星　星

天上有的是星星，
明亮的眼睛，明亮的心；
你照耀着我，我照耀着你，
千千万万星星，心连着心。

地上有的是好朋友，
有的是长久的深厚的友情；
你照耀着我，我照耀着你，
就像那天上的星星。

1954 年 12 月 4 日

芦　管

我学会用芦管吹歌，
是在今年的夏天；
跟我一块儿吹芦管的，
是夏令营里的伙伴。

哪怕只有我一个人的时候，
一吹芦管，就像回到夏令营里边；
心爱的歌曲，吹了一支又一支，
顶好听的吹了好几遍。

哪怕到了大雪纷飞的季节，
一吹芦管，仿佛周围又是夏天，
一支歌吹得小河涨水，
一支歌吹得彩虹出现。

1954年12月4日

琴

两千年了，古琴掼碎在山边水旁，
两千年了，高山流水早成了绝响。[①]
知音不在，伯牙又到哪儿去了？
琴断口，琴断口哟，地老天荒。

我们采来琴断口的青石
投进白浪翻滚的长江，
一座，两座，三座……桥墩从江心涌起，
又绷上一条条琴弦似的钢梁。

我们的琴——横陈在长江面上，

---

①《列子》：“伯牙善鼓琴，钟子期善听琴。伯牙鼓琴，志在高山，钟子期曰：‘善哉，峨峨兮若泰山。’志在流水，钟子期曰：‘善哉，洋洋兮若江河。’”现在武汉长江大桥北端龟山麓有古琴台，就是传说中的钟子期听琴处。而向大桥提供石料的琴断口采石场，则是传说中钟子期死后伯牙摔琴的地方。

江水滔滔，后浪推着前浪……
当代的人哟，将来的人哟，
知音的人们，听我们拨动了琴弦叮当！

1956 年 7 月

地球对着火星说

在满天的繁星中间，我寻找着你，
我凝视着你，你知道吗？
谁说你远在天边——
你是这样地热烈而分明。

在一连串的日子以前，
我们曾经离得这样近，
——假若能长久地互相照耀……
那时我轻声呼唤；没有应声。

……闪光的睫毛，握手的余温，

交臂错过的一瞬，永远难了的衷情……
在太阳系里，我愉快而矜持地运行，
但是谁懂得这一种难言的隐痛!

许多的岁月飞逝了，
我们都经历了不少里程，
又是银河当空的夏天的夜晚，
我们又一次这样相近。

你看我什么变了，什么没有变?
你可望见我望你的眼睛?
说是近，却还是这样地遥远，
未来的岁月又是这样无穷。

今夜，天地间这样安静，
只有一颗星在讲话，对着另一颗星……
是不是所有的星，全都夜夜合不上眼?
是不是所有的星，全都燃烧着渴望的心?

1956年8月30日

北 京 湾

北京湾，北京湾！
我又要扬帆远航……
在你的不冻港里，
我已停泊得太长。

你温暖的潮水
把我船身涤荡，
你有力的双手
补好龙骨的暗伤。

在白日的海上，
怀想你林立的风樯；
银夜月明如水，
思念你粲笑的灯光。

祝福我吧，北京湾！

我又要扬帆远航——
等破万里浪归来，
带回一帆风，一帆歌唱。

1957 年 3 月 12 日

在塔吉克国立大学图书馆里

平常听不见的声音，这里都能听见，
细细的笔尖沙沙地划过纸张，
思想和思想交谈，
心灵把心灵叩响。

两千年前的古人，
一万里外的师长，
渺茫的银河系某一颗星的光芒，
全都悄悄地悄悄地聚会一堂。

1957 年 5—6 月

传　　说

——铸钟姑娘

……萋萋的芳草化作空中的流萤，
鲛人的泪化作海底的星星，
人间不死的心化作了一个酒盅，
倾洒出生死如一的歌声……

五十四声钟[①]，夜深露重，
一句句叮咛送你入梦；
五十四声钟，晨光破晓，
打发早行人一路顺风。

钟声里多少次现出她的幻影，
是妻子，是女儿，又是神明。

---

① 据说几十年前北京钟楼晨昏各打钟五十四响，节奏是：紧十八，慢十八，不紧不慢又是十八。

就是她，铸钟时投入血肉之躯，
古钟斑斓，她却永远地这样年轻。

有人说她是为了老父亲，
有人说铸钟匠里有她的情人……
忠贞的爱情使人赴汤蹈火，
不吝惜一度的生命，难再的青春。

谁追寻古老的传说的岁月，
但相信忘我的灵魂永生？
无论什么时候轻叩这座洪钟，
一声声从心坎响透天穹。

1959年8月21日

无　题

是的，这不算异想天开，
海上生出了一片云彩。
把千言万语交付它，
借一阵风把它吹向西北。

西北有高楼，楼上有人在等待，
不要说人家都在我不在；
你没有白白地眺望海角，
我给你寄来一片云—— 一个大海。

它挟着白热的闪电，迅猛的风雷，
激荡着所有善感的胸怀。
一天夜雨拍打着你的窗扉，
让你想象着海涛澎湃。

让你想起了海边的潮水，

每逢初一、十五准要涨一回。
而我将做一个不速之客，
突然在你的意外归来。

1959年8月24日夜

原子破冰船

让我登上原子破冰船，
滑下船台，远离海岸，
湛蓝的海洋左右退去，
迎面而来，更辽阔的海天。

北极星离我们愈来愈近，
冻结的天空还是那样深远。
哪里是陆地？哪里有苔原？
前方隐隐露出了一道白线。

风袭来，浮冰击打着船舷，

我们不断把浮冰撇到后面；
眼前突然变得明朗，
出现一座冰雪的宫殿！

冰雪的宫殿，晶莹的冈峦，
透明的岛屿，银白的墙垣，
冰天雪地，雪地冰天，
冰封雪盖，已亿万斯年？

从坚冰上犁过第一遍，
劈碎冰块，扇成珠帘，
一柱柱海水如喷泉涌出，
又凝成冰霰如流星飞溅。

北冰洋，北冰洋，哪里是你的边界？
我们今天深入了极圈，
打开海图，在那大块空白上
添一道新线又一道新线。

1959 年 9 月 8 日

无　　题

天高，水清，晚风吹透衣裙，
姑娘独自在河边逡巡……
我若能像你有所期待，
就决不会怨秋凉风冷。

鹭鸶飞去了，不见踪影，
向日葵垂下了翘首的梗……
若有人像你这样等待着我，
我一定不顾一切地向这里狂奔。

1959 年 9 月 9 日

朋友，我童年的朋友

朋友，我童年的朋友，
当年我们爱踢小皮球，
哪有一天是下课就回家？
天天到天黑也踢不够。

我们的球赛不卖票，
随便参观随便瞅。
女同学来，我们假装不注意，
只是暗地里更加一把油。

你是中锋，稳、准、狠，
——咱们的头一名射门好手，
多少回踢进对方球门，
叫他们扑打摔跌没法救。

我心里说不出多佩服你，

可从没听你夸过口，
就是在正式的球赛当中，
你也不只图出风头。

有一回咱们输了球，
守门的本来就挺难受，
我不该嘟嘟囔囔抱怨他，
你差点为这个给我一顿揍。

从那时咱们的球队更团结，
人人都成了多面手。
胜利，失败，人人有份，
常胜的荣誉保持了多久！……

街上的足球队喧哗而过，
把小皮球踢到了我的窗口，
这时我不由得想起了你，
朋友，我童年的朋友！

1959 年 9 月 20 日

旅　　伴

迎接欢乐，迎接明天，
不知道什么叫作困难，
我们一块走上人生的道路，
我的旅伴，第一个旅伴！

我们一块儿跋涉过北方的原野，
攀援山上的路和路上的山，
你伸手给我，我伸手给你，
一先一后地飞上悬岩。

军用水壶解除了口渴舌干，
身体乏了，心不疲倦，
车可以抛锚，人不抛锚，
我们把里程碑抛在后面。

有时候路上如影随形，

有了两个人就不孤单；
有时候候车室人声杂乱，
那都是我们早发的旅伴。

在我们面前大路平坦，
但是也会有泥泞艰险；
在我们面前晴空万里，
但是也会有风雪遮拦。

每逢我听到火车召唤，
每逢我在晨雾中待渡江岸，
在人生的驿站上总要想起你，
我的旅伴，第一个旅伴！

我不妨没有一件行装，
却不能没有忠实的旅伴；
假如我没有好多旅伴，
假如他们不是像你一般……

不知道你今天在海角、天涯，
我觉得你仍然在我身边——
我们共饮了半壶清泉之后，
飞上悬岩，又飞过悬岩。

1959 年 11 月 18 日

大青山即景

大青山老了，
山上纵横皱纹多；
大青山又年轻了，
青青草漫着向阳坡。

入山 24 公里，海拔 2000 米，
黄花、蓝花像星光闪烁。
昂首沉思—— 一骆驼。
小吉普追过了大卡车。

1962 年 6 月

鹅

前面的公鹅飞过河，
后面的母鹅，叫——哥哥。

——民歌爬山调

清水河两岸百灵子飞，
死心不歇爱上了你。

红腿腿石鸡子满山跑，
十里八里看你来了。

山雀雀落在树梢梢上叫，
哥哥来你家头一遭。

照见你家烟突不见你的人，
长脖子白鹅守住个门。

“大出奇”开花红朵朵，
你家的白鹅也叫哥哥。

白鹅看门好厉害，
我问妹妹在不在？

瞭见了红袄袄闪在门背后，
是谁呀，咯咯咯咯笑不够！

1962年7月12日

剪　枝　谣

三九天，偏有这样多的阳光，
温暖着山的胸怀，人的胸怀，
若不见水库上一盘明镜一盘冰，
几乎忘了立脚在长城之外。

等不得东风剪柳条，
等不得燕子剪云彩，
我们来了，剪枝的人来了，
多少株果木早就在等待。

只听那剪刀沙沙地细语，
千枝万枝依人剪裁，
只有果木懂得剪枝人
无言的要求，严格的爱。

你，母亲老树年过半百，
我为你拾掇鬓边的荆钗；
你，女儿新树啊初初长成，
我为你梳妆，为你冠戴。

蓝透了的天，蓝得没一点遮盖，
莫要说大地上缺乏色彩，
你可数过树上有多少骨朵儿，
密密匝匝的，悄悄盼望春来。

一朝云彩带来毛毛细雨，
嫩蕊就商量着细细地开，
依着次序，礼让着又争抢着，
红的火红，白的雪白……

二十四番花信风以后，
千万颗星星从叶底闪出来，
吸饱了大地的乳汁以后，
累累的果实将迎风摇摆。

1963年1月11日

风　景

满园广柑像三千盏灯光，
满山的灯火像广柑一样。
广柑累累满填进船舱，
灯影悠悠摇落到江上。

"请带着我们温暖的心意，
顺江而下，送往远方。"
满山灯火嘱咐满船的广柑，
"祝福我们的朋友健康！"

1963 年 11 月 22 日

竹　　林

风吹过时一起低吟，
雨洒过时一起滋润。

争相拔尖又一起成长，
如此坚韧又如此虚心。

你几曾见过一根的孤竹？
我生来名字就叫竹林。

1963 年 12 月 13 日

无　　题

我想象着你的步履
在清幽的潮湿的石子路上；
我怎么能不怀想起你，
在你曾经来过的地方。

这里的桥，这里的亭，
你曾在楼头看风景；
这里的栏干你曾手凭，
花树曾映入你的眼中。

想象你曾在这里沉思，
也许还留下笑语声声……
我想着你，想着你对我说过：
一个人不能只是想着一个人……

1963 年 12 月

一个地质队员的情歌

这一回，人家都说我为你
害上了镂心刻骨的相思；
我自觉像罗盘一样清醒，
人们都笑我如醉如痴。

听人无意之中提起你
忍不住几分辛酸，又几分甜蜜；
听人含情说着你，
我不掩饰泛一些儿妒嫉。

我一遍又一遍描摹着你的容颜，
又久久地久久地定睛凝视；
假如有一天你回眸一笑，
我相信那是我精诚所至。

不用隐瞒，我曾经亲切地爱过，

许多星一样的、花一样的矿石，
地质包背着，怀里揣着，
贴近我火热的心房心室。

它们放射过多少异彩，
为它们我倾心动情多少次；
但自从你占住了我的心，
它们早从我梦里消失。

一盏油灯照着“一比五万”地质图，
填不下我二十万分之一的情意。
一条灯芯证明我一条心：
想你……想你……想你……

三架大山上虫鸣唧唧，
替我对你诉说着衷曲，
万语千言不过是一句：
爱你……爱你……爱你……

也许你并不需要我，
我可从心坎里需要你。
要说我的幸福是合金，
合金中不能缺少了你。

你占住我的心，你是否知道？
你真的不知道，还是佯作不知？
我每一次心跳都是为你，
为什么你对我理也不理？

我知道，我们队里年青的伙伴，
也有人神魂颠倒地单恋着你。
我不知道，你把你那小拳头
最终会递到哪一双手里！

也许你已经钟情于别人，
那我也一定要找到你，
让那同样爱你的冶金工人也来，
比一比，是谁更深深恋念你！

你明知我专为你而来，
你却故意远远地回避。
你躲到哪儿，我要找到哪儿，
不怕再走许多平方公里。

攀登到山巅、树巅，
趱行在云里、雾里，
云里雾里寻觅你的踪迹，
潺潺山溪，分明瞥见你的影子。

一片片青苔我轻轻拂拭，
一块块山岩我重重敲击，
啊，我所追求我所爱——
你在哪里？你在哪里？

不怕你心冷如铁，
我的心已化作磁石！
“她是谁？她是谁？她是谁？”
大山说：“告诉我她的名字！”

“镍铬钴铂[1]！”啊，镍铬钴铂，
地质队员的情歌唱给你。
深山空谷中你睡得那样沉那样沉，
愿我的歌声和脚步声，把你从梦中惊起！

1977年9月26日

江 边 石

是江山等待着你的顾盼？
是你在倾听江山的呼唤？
远远地，我从船头就望见了你，
安娴地跪坐在高高的南岸。

---

① 镍、铬、钴、铂，毕为稀有金属，是诗歌抒情主人地质队员的勘察对象。诗中前面所说小拳头云云，也是指岩石标本。一般岩石标本有3×8×12或2×6×9厘米两种规格。

峻峭的岩壁，连绵的青山，
浮云掠过你的鬓边；
落霞辉映着你的面庞，
你的笑靥——比夕阳更明艳！

你撷那上弦月当木梳，
临风撒开长长的发辫。
哦，从习惯的仪态我认出了你，
柴达木盆地，内蒙古草原……

忘不了冷湖的飞沙，塞北的冰霰，
忘不了风梳头啊雨洗脸。
你忘我地奔波风尘仆仆，
甚至连梳洗也没有时间。

青山不老啊人不老，
我一直相信总能再见。
我终于又看到了你的身影！
你闪光的眼神，微黑的脸！

你的心，我的心
曾经为同一个理想而振颤。
让万里江山长作证，
我们的心永远不变。

是的，你从容地
献出了短暂的一生，
给我们留下了悠长的思念。
但谁说你已经离我们而去，
我们重逢在长江边。

谁说这只是一块岩石，
矗立在奔流的江水南岸？
她的名字叫：青春，
一个五十年代的地质队员。

1977 年 9 月 29 日

春　歌

春天的到来是不可阻挡的

——物候日记

在积雪的密林深处，
一只小鹿吃着绿色的松毛，
听到我脚下吱吱的踏雪声，
一转身就匆匆地跑掉。
只不过一闪，我却看到了
它那新生的充血的软软的茸角。
我脚步轻轻，却拦不住
松鸦一边飞散一边叫；
我脚步悄悄，也瞒不过
啄木鸟，长喙的啄木鸟停住不再敲。
不要躲我呀，我不是猎人，
虽然我也在密林中不断地寻找。

于是我只听见自己的声音，
只听见自己血在流，心在跳。
我终于又听到一种什么声音，
森林也不再冬眠睡懒觉；
不是山灵，不是林妖，
有一种魔术的力量从树梢到树梢，
落叶松透出了一点绿色，
虽然还是那么微小。

哪儿的冻土感到了伸展的根须？
哪儿的枝头现出了萌动的芽苞？
尽管积雪还没有融化，
我走向冻结的涧水上独木小桥，
我看见——细碎的冰凌花开放了，
在冷风和阳光里轻摇；
我知道，当她凋谢时，
桃花水在河里涨潮，杜鹃花在山上燃烧。

谁说这一切还早，还早，

我要寻找的已经找到，
我找到密林中最早的春天的信息，
春天，生命在跳跃！

1978年3月19日

一朵小花

我近来常常会想起
我所爱的，又是爱我的人。
也想起一些或许根本没理会我的，
但我觉得是可爱的人。

在许多这样的人中间，浮现了
一个六七岁的小女孩的面影，
我清晰地记得你笑时的酒窝，
记得你一双闪亮的无邪的眼睛。

炎炎的暑天。我却陷身冰窟，
是你给了我一丝透心的温暖；

呆呆的白日。我正在黑暗中摸索，
是你给了我一丝耀眼的光明。

你像一个小小的奇迹
出现在我那一串噩梦的生活中。
也许因为我已经许久没见过生人，
许久没有呼吸这拂拂的微风。

我清理废墟，远处投来了一块石子
石子抛出一个小小的弧形，
石子轻轻地落到我跟前，
是谁在打招呼，谁在提醒？

我缓缓抬起头，碰上你的眼光，
你似笑非笑地抿着嘴唇，
你慢慢地一步一步向我走近，
好奇心战胜了小小的戒心。

“你说！你看我干什么？你怎么不说话？

不让你们说话吗？谁管着你们？
你累了吧？你能歇着吗？
你渴不渴？让不让你吃冰棍？”

我假装用毛巾擦额角的汗水，
偷偷抹去两只眼角的湿润；
我猜想你该有一个善良的祖母，
我猜想谁是你的美丽的母亲。

但是我怎能回答你的问题，
你把问题提得直截而单纯；
“你们黑帮队谁是队长？
是不是你们当中最坏的人？”

我无言。我继续清理着地基，
你捣乱，我假装要打你的手心，
手欠！手欠！你伸出稚嫩的小手，
“你打！你打！我去告诉，说你还敢打人！”

你当然不会向谁去告诉，

你迸发一串咯咯的笑声，
调皮而温存，撒娇而不任性，
活泼泼的生命，赤裸裸的童心！

“你干了什么坏事？
你干嘛要当坏人？
你家里有没有小孩？
他们还认你不认？……”

啊……我干了什么坏事，
我干嘛要当坏人……
我该怎样回答你的审问，
才不会损伤你圣洁的天真？

我出神地盯着你明亮的眼神
和你小小鹅蛋脸上的疑云。
我默默地祝福你健康地长大，
愿你有充满阳光的希望，饱含朝露的青春。

后来，有一天，人们告诉我，

有人把你强奸了。
那一天，我折断了我铁耙的齿，
不知什么扯裂了、咬碎了我的心。

这像一个亲人的噩耗，至今
我写到这里，我的心乱如麻，
顾不上推敲节奏，零乱不成章法，
我找不到语言，找不到韵脚……

你当然不知道，你妩媚的笑晕
曾经照亮我冻僵的心，
你唤醒了我一度不知哭笑的麻木的感情，
你拯救过我，以你亲切的轻信的纯真。

我时时想起你的面影，
我时时想起你的笑声，
我时时想起你的小手，
我时时想起你的眼神。

1978年3月30日

牡丹江—宁古塔途中

黄　昏

我们曾经失去了很多很多，
但是从来没有，
也永远不会失去明天。
——手记

如焚的夕阳
红得像扶桑花一样

红得像嘴唇
而绝无声响

红得像蜡泪
闪着鎏金的光

燃烧的许诺
入梦的神往

我是海上的扶桑
双手捧出朝阳

1979年4月12日

南方的夜

百叶窗一样的
桄榔叶，是大地的
睫毛长长

温热的大地呀
快张开眼睛
和我一起仰望

空中摇曳着
无数暗青色的花朵
密密的星星，花蕊丁当

1979年4月16日，南湖

初　恋

我悄悄地爱过一个少女，
起初还不知道她的姓名，
我为她编了平生的第一首恋歌，
却只是唱给我自己听。

我还给自己编了一个小故事，
讲一对恋人的幸福和不幸，
我把她编进了我的故事，
还想把我编进她的梦境。

满天的星辰都暗淡失色了，
照耀着我的是她的眼睛，
她浓浓的双眉飞动着，飞动着，
每逢她发出无邪的笑声……

我悄悄地爱过一个少女，

不是吗，悄悄的才是真正的爱情。
人们说单恋是苦涩的，
我却把甜甜的回味珍藏在心中。

这小小的秘密陪我度过了
多少次迷醉，多少次清醒……
那时候她还不到十三岁，
而十一岁半，是我当时的年龄。

1979年8月19日

假如生活重新开头

假如生活重新开头，
我的旅伴，我的朋友——
还是迎着朝阳出发，
把长长的身影留在背后。
　愉快地回头一挥手！

假如生活重新开头，
我的旅伴，我的朋友——
依然是一条风雨的长途，
依然不知疲倦地奔走。
　让我们紧紧拉住手！

假如生活重新开头，
我的旅伴，我的朋友——
我们仍旧要一齐举杯，
不管是甜酒还是苦酒。
　忠实和信任最醇厚！

假如生活重新开头，
我的旅伴，我的朋友——
还要唱那永远唱不完的歌，
在喉管没有被割断的时候。
　该欢呼的欢呼，该诅咒的诅咒！

假如生活重新开头，

我的旅伴，我的朋友——
他们不肯拯救自己的灵魂，
就留给上帝去拯救……
　阳光下毕竟是白昼！

时间呀，时间不会倒流，
生活却能够重新开头。
莫说失去的很多很多，
我的旅伴，我的朋友——
　明天比昨天更长久！

1979年11月19日

地　平　线

不因长久的眺望而晕眩，
不因长久的行旅而疲倦，
我奔走着，我向往着……

地平线，难道那么遥远？

黄昏，第一颗星
突然跳到地平线上边；
无星无月的夜晚，
点点灯火在远方出现。

而黎明的翅膀
紧贴着地平线展开，
太阳从地平线上
跃起，仪态万千……

每一个普通人
都要像人那样生活。
我们行进在大地上，
不是匍匐在卑湿的地面。

地球不是转台
地平线也不是舞台的边缘。

人，不要扮演卑微的角色，
而要焕发人的尊严。

我们穿过狭长的街巷，
沿着楼梯登上屋顶；
我们穿过丛生的灌木，
一直攀上高高的山尖。

最好是奔驰在田野上，
一点也没有遮拦，
没有丘陵，没有烟雾，
放眼天边接着地边——

即使从路的尽头，
雷雨云铺天盖地而来，
我仍将迎着暴风雨跑去，
我的心在乌云上面。

也许眼前迷迷茫茫，

一时什么都看不见，
但是大地不会瓦解，
地平线也不会背叛。

地平线——谁也夺不走，
亲切地悬在大路前边——
日里，伴着阳光辉煌，
夜里，伴着星辰灿烂。

1979 年 12 月 9 日

记　　忆

记忆说：
我是盐。
别怨我
撒在你的伤口上，
使你痛苦。

把我和痛苦一起咽下去——
我要化入你的血，
我要化入你的汗，
我要让你
比一切痛苦更有力。

1980年1月8日

回　　声

回声，你在哪里？
　　　你在哪里？

在峡谷里
在蓝色的峡谷里
在云杉和冷杉之间
在古藤垂挂的峭壁
在苔藓上滑行

在岚光里游弋
在楠竹叶尖滚动
在野花芯里栖息
我常常终日地走着走着
沿着谷底的清溪
我在等待
我在寻觅

你为什么沉默不语?
　　　　沉默不语?

我向往六月
我向往七月
我向往热烈的雨季
山洪随着闷雷暴发
轰轰奔腾，这样湍急
从巨石上翻越而过
涤荡一空万古的沉寂
哦，你欢乐的过客

你不倦的行旅
你呼唤我同行
我立刻投身向你
我等到了我之所等待
我寻到了我之所寻觅

回声，你在哪里？
　　　你在哪里？

我在这里，在这里
和雷声在一起
和山洪在一起
和瀑布在一起
让我们永远在一起
　　　在一起！

1980年3月31日

沉默的芭蕉

芭蕉
你为什么沉默
伫立在我窗前
枝叶离披
神态矜持而淡漠

从前你不是这样的
在李清照的中庭
在曹雪芹的院落
你舒卷有余情
绿蜡上晴光如泼

近黄昏，风雨乍起
敲打着竹篱瓦舍
有约不来
谁与我相伴

一直到酒酣耳热

啊，沉默的芭蕉
要谈心请拿我当朋友
要争论请拿我当对手
在这边乡风雨夜
打破费尔巴哈式的寂寞

芭蕉啊，我的朋友
你终于开口
款款地把幽思陈说
灯火也眨着眼睛
一边听，一边思索

芭蕉，芭蕉
且让我暖了搁冷的酒
凭窗斟给你喝
夜雨不停话不断
孤独，不是生活

1980年4月6日

小 童 话

在云彩的南面，
那遥远的地方，
有一群树叶说：我们想
像花一样开放。
有一群花朵说：我们想
像鸟一样飞翔。
有一群孔雀说：我们想
像树一样成长。

在云彩的南面，
那春天的早晨，
想要花一样开放的树叶
变成了叶子花。
想要鸟一样飞翔的花朵
变成了小蝴蝶。
想要树一样成长的孔雀

变成了孔雀杉。

在云彩的南面，
在傣家的村寨，
那花朵、蝴蝶和孔雀杉，
都变成小姑娘；
像小树亭亭地站在河边，
像花开原野上，
像蝴蝶和孔雀展开翅膀，
在起舞的时光。

1980 年 4 月 15 日

给海的女儿

——读《安徒生童话和故事选》

又是乳白色的月夜，
你不再来听浪涛的音乐。
在那血红的早晨，
你已经化为泡沫。

你失去了声音，
又失去了形体。
你热爱着你所爱的人
直到最后的一息。

宁肯用三百岁的生命
换一个不灭的灵魂。
我愿见到你如意的微笑，
不愿见到你失望的泪痕。

哦，为所爱的人受苦，
也是最大的幸福。
即使疼痛像利刃扎脚，
你依然欢乐地旋舞。

然而你终于化为清风，
无声地旋舞在空中。
你把诚挚和善良的感情
吹进一切敞开的心灵。

1980年4月28日

等　待

不是四月那个新晴的上午
也不是那一带整齐的枫树林
没有阳光和雨滴
同时从五角的枫叶上

滑进我的衣领

已经是十一月的夜晚
连我的心中
也下着凄凉的秋雨
秋雨透过破伞似的
疏疏落落的法国梧桐
落在我的破伞上
比行人的脚步更急

匆匆的行人稀少了
我站在迷离的街灯影里
我站在快要落尽叶子的梧桐树下
我站在被风吹斜的深秋的夜雨中
等你

不再是四月那个上午
初夏的绿色的枫树林
等待你的却还是

那曾经徒然等待你的人

我在十一月的深夜
在梧桐树下等你
秋雨单调而絮叨地
打着我的破伞
又打着我焦灼的心

天上的雨下得紧了
我心中的雨下得更紧
秋夜的梧桐真是凄凉
而我心中的雨是温热的
不用强迫，我的心
相信：初夏的上午你虽失约
深秋的雨夜你必定会来临

1980 年 10 月 1 日

无　题

还是那个太阳，忙碌的太阳
一天二十四小时照着地球——
不许鸟儿乱啄，这青青的苹果
慢慢转红了，在初秋；
在初秋的阳光下，我发现大地走向成熟，
发现了自己，发现了众多的朋友……
枝头悬挂着半熟的苹果，
有什么东西成熟在我心头？

还是那支歌，还是那歌喉，
闪光的歌声像一匹闪光的薄绸——
缭绕着庄严的竖琴，柔韧的手指，
钢琴，电吉他，锦瑟与箜篌；
歌声流过，像日光和月光
流过我的心，你的明眸，
它曾触亮我忧愁中的欢乐，

让它融化你欢乐中的忧愁。

还是那颗心，还是那双手，
心和心相印，手和手相求——
我的心迷恋着，迷恋着生活，
我的手召唤着，召唤着朋友；
生活啊，朋友啊，再不要背叛！
恩情还没报答，爱也还没爱够！
在天空，就一起歌唱着飞翔！歌唱！
在大地，就一起自由地奔走！自由！

1980年10月13日

我召唤青青的小树林

我召唤青青的小树林
同我一起到原野上飞奔

摇一簇早春的新叶
那是绿色的旗帜
拽一片细碎的繁花
桃色的、白色的云

送一枝新条作教鞭
给年轻的女教师
送一枝新条当马骑
给还没上学的孩子

跟我一起越过山脊
化为奔马脖颈上的马鬃
跟我一起踱到河边

一串串身影落入春水中

春风轻浅地掠过林梢
我们一路吹着柳哨
春风猛扬起我们的头发
我们狂喜地向前快跑

跑累了，就搀扶着站定
在月光下稍稍闭上眼睛
如果地面被春雨打湿
那是我们的热汗淋淋

来吧，青青的小树林
同我一起到原野上飞奔

1980年10月14日

答友人

因为我们是战士，
总是把创伤叫作
挂在胸前的花朵。
——锺灵

啊，不要说，不要说什么
创伤，是挂在胸前的花朵……
那样的花是谎花
假如它不能结果。

欢乐和痛苦都已过去，
为什么还要开花？
让忧愁来作证，
让岁月来回答。

我不相信我是单恋，

幸存的青春依然在歌唱。
成熟的花都要变成果实，
一切的爱都会得到报偿。

1981年1月8日

我心中有一个秘密的爱

我心中有一个秘密的爱
你猜是山
你猜是海
从来没有倾吐出胸怀

我心中有一个秘密的爱
如火般红
如雪般白
越深的黑夜越显出来

我心中有一个秘密的爱
夹着欢乐
夹着悲哀
牵着过去又牵着未来

我心中有一个秘密的爱
多少温馨
多少色彩
难道朦胧得说不出来

我心中有一个秘密的爱
一半是恨
一半是债
这死扣要生命才能解开

1981 年 4 月 29 日

永恒的花朵

在南斯拉夫察普林纳旅馆门前有一个石雕，
以深厚粗朴的刀法刻出一个巨大的花苞。

似花还似非花
月季？蔷薇？玫瑰？
你比那寻常的鲜花
大一千倍，重一万倍

没有青枝绿叶衬托
囫囵个儿不见花蕊
厚花瓣紧包着生机
一朵初绽的蓓蕾

没有色彩和香味
然而永不枯萎
想见天天晓梦如烟

想见夜夜月华如水

你再不是冰冷的石头
但也不是温馨的花卉
给石头以花的生命
这第二个上帝是谁?

不需要空气和阳光
不需要柔情抚慰
需要的只是会心
领略永恒的美

1981 年 5-6 月

贝尔格莱德别情

——赠波芭

古堡斜阳，偶然一杯酒
为了告别，也为了刚刚相见

偶然一杯酒，也许再无缘重逢
却相问相约，什么时候再见？

我就要回到山那边，海那边
我就要回到那一个天边

我是一片叶，偶然一阵风
把我吹过你的面前

偶然一阵风，萨瓦河水
一片皱纹散开，一朵浪花飞溅

人间有多少偶然，又不都是偶然
我不信命运，却相信有机缘

你唱一支欢歌却含着悲戚
你唱一支悲歌却带着喜欢

也许世界是狭小的吧
明晨我已在地球那边

1981 年 6 月

我　　问

我问疏朗的白杨林
可记得
那个冬天的早晨?
可记得
瑟瑟的风

低低的云
落叶在脚下沙沙的声音?
可记得是谁
跟我在一起
走来又走去?
可记得
我说了
多少傻话
直说到
清雪纷纷?

疏朗的白杨林
纵然树干上
长着那么多眼睛
却把这一切
忘得干干净净,
而我的睫毛和嘴唇
永远记着
小雪花

清凉的一吻……

1981 年 10 月 3 日

银　婚

不知不觉，我们走过了
短暂又漫长的四分之一世纪
太平洋西岸冲积平原上
两只小小的会说话的蚂蚁

因为会思念，让我们
少有聚会而多有别离
因为会歌唱，让我们
多的是散文，少的是诗

我的随和成了你的性格
你的任性成了我的脾气

尽都是些渺小的悲欢
成了我们珍藏的秘密

我们还将像一对蚂蚁
出入生活中，出入梦里
一条小路蜿蜒到灯前
伸展进儿女的记忆

1982年1月

假如积雪还覆盖着岸边

假如积雪还覆盖着岸边
假如河水还没有化冻
那条船像一块瓜皮
抛在渡口上，默不作声

假如云压在灰暗的水上

假如田野里雨雾蒙蒙
那只船像一条枯鱼
横在渡口上，默不作声

只有阳光从水上照到岸上
只有暖气从地面升到空中
从这个渡口到那个渡口
才听到一片咚咚的鼓声

只有湖水涌到岸边倾听
只有春潮涌到岸边接应
什么时候，什么时候，醒来的船
驶向春水呢？问这鼓声

1982 年 1 月 2 日

积　　雪

一夜多寂寞
明月照积雪
没有人的身影
没有风的歌音

微明中走来了
你，只有你一人
积雪在你脚下
发出欢乐的呻吟

默默待你走来
默默送你走去
铺在你脚下的
积雪如我的心

也许你早遗忘了

它的欢乐的呻吟
而它在消融以前
镌刻着你的脚印

1982年1月3日

散文诗五则

布谷鸟

羽毛被突来的风雨淋湿了……布谷鸟，依然向春天唱着沥血的歌。

假如生活背叛了你，你不要背叛自己。

无题

小笠原群岛附近的海峡，影响大海的潜流吗？

喜马拉雅的雪山，影响海上的季候风吗？

远在天边的满月，影响吞吐于海岸的潮

汐吗？

使我的胸廓中潜流汹涌、风云激荡、潮汐起落的，是哪一处大洋深处的漩涡，是哪一处高寒的雪山峭壁，是哪一轮远在天边的满月呀？

无题

我要汲一瓶河水，汲上的，却是半瓶泥沙。

我要寻含笑的眼睛，寻到的，却是远去的背影。

诗

沉醉的时分，只有沉醉。

清醒的时分，只有清醒。

寂寞的，又不甘寂寞的来客，只在我沉醉与清醒之间叩门。

天鹅的聚会

唱得那么好，把我从残梦中惊起了。

唱得那么好，早春的海滩上，天鹅在聚会。

唱得那么好，我羡慕你们，我还从来没有这样放声歌唱过。

唱得那么好，那么畅快，那么欢乐……我不信这是最后的歌。

1982 年 1 月

论　　诗

我是风，走遍世界
寻找我的歌声

我告别起伏的林海
到平阔的草原滑行
在悬崖上碰壁
又推动河心的帆篷
追逐着浓黑的雨云
紫色的闪电，飞奔的白马

摇晃着紧闭的窗扇
匆匆地钻进烟囱……

我停住脚步时
就失去了自己
再也找不到我的歌声

1982 年 2 月 11 日

梦中的河流

我有一条河流
我的河流
它总是从我的梦中流过
并且变幻着它的颜色

时而闪着橘黄，时而碧澄澄的
时而漶漫，时而清浅

时而激起雪白的浪花

这是我梦中的河流
流着我的岁月
流着我的欢乐忧愁
流着我的剪不断的思想
还有我的执着的追求

流过蓝色的夜晚
流过白色的雪天
在早春的残冰下面
寻找大柳树渡口

我听到遥远的鼓声——
敲着船帮和船底
如果我是那条船
即将解缆放中流

再见了，青青河畔草

再见了，岸边芦苇已白头
再见了，我那河岸上苦苦待渡的日子
我那断了长流水的春秋

那时候，在焦渴的的生活里
我梦着春潮齐岸
我梦着橹声轻柔
我梦着河流经过我门前
向大海流去
我梦着春水船如天上坐
甚至梦着随波逐流

我梦见我把简单的行装
我的爱情　我的理想
一起寄放在船头
又俯身下去
捧起只有在梦中
属于我的清凉的河水
洗一洗憔悴的脸

润一润枯涩的歌喉

从我的梦中悠悠流过
这悠悠的不知名的河流

只有潺潺的水声
始终如一的节奏
使我梦着
又把我唤醒：
自由！

1982 年 5 月 3 日

拥　　抱

从黄山曙光亭下望，有一块石头
如两个人紧紧拥抱在一起。

我不相信石头是冰冷的
我不相信它没有生命

比双飞的鸟更永恒
比连理的树更持重

使萍水相逢者艳羡
使交臂错过者伤痛

除非地裂山崩
同粉身同碎骨

难解难分的拥抱啊
天荒地老的爱情

1982 年 6 月 6 日

杜　鹃　花

雀斑有什么不好呢
每一朵杜鹃花都是生着雀斑的

你是不是也常常想起杜鹃花呢
或者偶然也想起我的笑语?

而我是常常想起杜鹃花的
白的，黄的，淡紫的

今天我又看到杜鹃花
我好似无端地想起了你

杜鹃花也生着淡淡的雀斑
杜鹃花的脸上却没有忧郁

对着一朵杜鹃花，我长久地思念你

我希望你记着我，又希望你把我忘记

忘记我吧，人在幸福中
才不会在幸福和不幸的记忆里沉迷

1982年6月6日

闯入伊甸园

即使是小小的苹果园
也难把所有的苹果尽尝
我如闯入伊甸园
满园的禁果全吃光

懂了羞耻，开了窍
萌动了爱情和欲望
再大步迈出《创世纪》
回到东方的故土上

感谢青鸟传我云外信
感谢喜鹊为我搭桥梁
我还要学会吹洞箫
好为弄玉引凤凰

我从马上跃过墙头
墙外看秋千多么惆怅
我来到三春的桑间濮上
顺手还藏起织女的衣裳

直到我死在蓝桥柱下
直到我化为双飞蝴蝶黄
再没人能骂我负心
再没人敢责我轻狂

不辜负沧海的珠
不辜负蓝田的玉
不辜负扬州桥边小妇
拜鬼求神的三炷香

谁说我是神创造的人
分明我是创造神的人
神话里的爱情不会老
三千年唱过仍清新

闯入伊甸园又出来唱
半是神话半是情歌
请问那瞠目结舌的老先生
可是禁果的看守者?

1982 年 6 月 27 日

山　阴　道

我从来没有怀乡病
我总认为我没有故乡
我的父亲少年离家
再也没有回过他的故乡

他的乡音却一点也没改
他常常用乡音叨念的故乡
也就成了我的故乡

而我不知道故乡是什么样的
我也不懂得怀乡
我不会一见梧桐叶落秋风起
就想起故乡的鲈鱼和莼菜羹
我没有吃过莼菜
我没有吃过鲈鱼
我只知道我父亲的故乡
把什么都风干了才吃
还有一种炸臭豆腐的味道很香

在战乱的年代
买到一包霉干菜
纸包上印着故乡的地名
我第一次看到父亲流下泪水
霉干菜烧肉

笋烧肉
故乡自古有茂林修竹
故乡自然也是出竹笋的地方
如果说我父亲的故乡就是我的故乡
我的故乡又是花雕的故乡
父亲晚年滴酒不沾唇
但说起故乡的老酒时还是悠然神往

许久许久，我多想在细雨中
搭一回故乡的乌篷船啊
今年，我却沐着闰四月明媚的阳光
走在故乡江干的沙路上
这就是父亲离家的路
故乡只有这一条路通向外乡
通向茫茫的红尘人海
通向茫茫的大千世界
父亲至死没改变半句乡音
但他至死没能重返他久别的故乡

我却回到父亲思念的故乡
回到和父亲口音一样的乡亲中来了
我走进一个院落　一间西房
一个从未见过面的堂兄弟媳妇
一定要我吃下四个糖汆蛋
而不知该怎样称呼的老年妇女们
一直在辨认着　端详着　议论着
我的面庞像哪个长辈的面庞

祖父的坟已经变成一丘水田
镜面上亮着青青的尖尖的稻秧
祖父的老宅只剩下房基地
四十多年前的兵火　烧毁了
父亲曾怀着的
叶落归根的痴想

只有一棵古老的樟树
该是村里最古老的生命吧
依然枝繁而叶茂

敦敦实实站在离老房基不远的地方
还有村庄的中心
那方古老的塘墩池
依然静悄悄地
返照着云影天光
这棵樟树和这方池塘
难道没有在父亲怀乡的梦里出现过吗
为什么他从来也不曾说起
而在这个村庄里
怕只有这古老的池塘古老的树
才记得幼时的父亲和父亲幼时故乡的模样

茅潭畈！只剩下一个地名了
在浦阳江水取直的时候
把它沉入了水底
但是跟父亲同样口音的乡亲
依然指点着从前叫作茅田畈的地方
并且从记忆里钩沉着零星的传闻
问询七十多年前离家远行

就再没回乡的父亲的事情
好像他是在不久以前
才在茅潭畈告别故乡

我回头向临浦镇走去
一步一步远离了
我第一次回访的故乡
不管走到哪里　我再也忘不了
世界上有一个
跟我有着血缘的
二百五十户的村庄
有一棵古老的　比我的祖父年纪还大的樟树
有一方古老的　曾照过我父亲幼年面影的池塘

1982 年 6 月 27 日

再 别 屯 溪

我没有带走什么
也没有留下什么
渡船自在江上
白鹳自在岸上

雨丝自在飘洒着
清明过了，还不到黄梅天
行人自在石板路上走过
或穿着雨衣，或打着伞

店家自在长街
卖着凉鞋、葵扇、茶叶
明月自在桥阑干
照着新安江上夜

萤火自在明灭

蠓虫自在飞鸣
我自在检点旅行袋
梦想道边送客的旗亭

梦着樱桃，梦着枇杷
梦着石榴自在开花
绿叶浓阴里藏着的鸟
自在说着千年不变的话

好像有许多记忆
又像什么都没记得
了无牵挂，却忽然
有一股淡淡的离愁留我

1982 年 6 月 27 日

遐　　思

让我们携手同行
去寻找孤独的人作伴

他那里雪地冰天
十九年，只有
手中的节杖
地上的羊
天上的雁
彳亍在贝加尔湖边

前不见古人
后不见来者
登蓟门
远树如烟
只见大道直如发
只见大道如青天

茫茫的瀚海
漫漫的阳关
夕阳红处
已不是长安

仆姑箭曾扣霹雳弦
拍烂了多少阑干
千古江山
万里江山
梦里江山

有文文山
还有杨椒山
文章出自辣手
道义担在铁肩

铁一样的悬崖
兀立伏尔加河畔
沉思默想的斯捷潘

从此一去不返

二百年后，无情的潮水又
击打着叶尔色岛岩岸
只有暴风雨、惊涛与黑暗
没有桅，没有帆，没有灯塔，没有船
你这流囚，你这逐客。你这老人
心底可终于感到了孤单？
而此时此刻，你以你“最后的话”
回答了不可一世的拿破仑第三

二十年后，无情的潮水又
拍击着玻利尼西亚的海滩
风吹雨打的公社之花
面对着一样起伏的波澜

三十三根铁栏
六十六根铁栏
九十九根铁栏

古往今来
竟成志士的家常便饭
刘琨不得舞剑
祖逖不得挥鞭
他曾横刀立马
到此不得驰骋
她有千愁万恨
钳口不得发言

孤独能够杀人
才设下单人牢监
但秋瑾不愁风雨
李卓吾不是疯癫

在偌大的渺小的地球上
他曾一个人站在一边
他坚信，并且坚持宣告
“地球依然在旋转！”

“人们，我爱你们，
你们可要警惕啊！”
这又是从哪里传出的
孤处囚室者的遗言？

那些伟大的灵魂
一千年一万年也不孤独
而转瞬变成孤家寡人的
正是那前呼后拥的独夫！

1982 年 7 月

秋风起处

秋风起处
在什么地方——
青草一夜里变白？
白云一瞬间变黄？

吹得关河冷落
吹得白露为霜
千古人之所嗟叹
千古人之所凄怆

秋风起处
在什么地方——
长城的缺口，天苍苍?
黄河的怀抱，野茫茫?
吹寒过远行人的梦
吹透了单薄的衣裳
陵阙半埋黄土
夕阳沉没高岗

我奔向秋风起处
一路有林带、村庄
我奔向秋风起处
一路有牧场、牛羊
我奔向秋风起处

溯着黄河滔滔的流向
我奔向秋风起处
伴着归心似箭的太阳

大青山匆匆隐去
贺兰山四蹄飞扬
毕竟到了秋风起处吧?
几分惆怅，几分欢畅
凌厉的秋风忽然绵软
拂来草香，拂来稻香
千秋的旧句随风飘散
留下酒香，留下果香

沙荒里的葡萄熟了
也熟了满天成串的星光
长笛一声，银川到了
又觉温暖，又觉新凉
八月秋风催熟了宁夏
人说还不是秋风的故乡

想要寻到那秋风起处
也许终须过河西走廊

1982年8月26日—9月5日

陌　上　桑

感谢你给我
嫩嫩的桑叶
我咀嚼陌上的阳光
清明的丝丝雨

为了你作茧自缚
为了你蹈火赴汤
一丝一缕闪耀着
清明雨，陌上的阳光

生命后的生命，随你
走向世界外的世界

千里万里丝绸路
回头望陌上的桑叶

1983年4月7日

愤怒的蟋蟀

——读绿原为牛汉《温泉》所作序

世界上有多少蟋蟀
你问我是哪一个

我不是那快乐的蟋蟀
在窗下鸣琴
在阶前鼓瑟
唱五月五的歌
唱七月七的歌

我不是那悲哀的蟋蟀
在灯阴绷线

在墙角穿梭
织半夜露冷
织满天月白

我也曾悲哀
我也曾快乐
但我是那只愤怒的蟋蟀
五百年前那一个
苦孩子的魂
为了救人
为了补过
化成一只小东西
因愤怒而忘了纺织
因愤怒而忘了唱歌
因愤怒而张翅，而伸须
而凝神，而抖擞，而跳起角逐
而叮住不放的
那一个！

1983 年 5 月 14 日

寂　　寞

寂寞是无声的吗

不，寂寞有声
夜深远去的火车鸣笛
老座钟的嘀嗒的蹄声
蟋蟀叫开石板路缝
若断若续，月光如水

曾经春雨打湿落花残瓣
曾经北风摇动细枝如发
曾经转瞬之间，暖冬的阳光
融化了檐前的冰溜

不知向着谁的
日日夜夜　月月年年
总也听不到回响的

徒然的呼唤，呻吟，倾诉

1983 年 8 月 15 日

我的乐观主义

我是一个成年人
我的乐观主义也是成年的乐观主义

我的乐观主义
不是总在那里微笑的
它在泥泞里滚过
它在铁砧上经受过锤击
它在锤击下喷出火花
它在几乎熄灭的篝火里燃烧
人们曾轻蔑地叫它死灰

它受过棒打

受过揉搓
然后在冰冷刺骨的河水里漂过
它的每一根纤维
都一尘不染了
它不是一件工作服
它是我的乐观主义

我的乐观主义
不是一件衣服
有时穿上，有时脱去
更不是揣在衣服口袋里的良心
有时候随身携带
有时候丢在家里

我的乐观主义
当它遭到践踏的时候
当许多它拥抱过的人也抛开了它的时候
投入我的怀里
我用我的体温把它焐热的

我焐热了它
它也焐热了我

它被出卖过
它被告过密
它一步一跌地长大了
没有经历过挫折的
没有见识过卑鄙的
不是成年的乐观主义

已经成年的乐观主义
　并不总是甜蜜的
有时它甚至满面泪痕
我听到它吞声饮泣
但总是它，先从悲戚失望中醒来
拉住我的手
抚着我的心
捧起我的头
用只有大人对孩子那样的口吻

轻声细语地给我以慰藉
我的乐观主义长大了
它倒以为我会像小孩子似的灰心丧气
唉，我这个形影相随的老朋友
我的饱经忧患的乐观主义

1984 年 1 月 28 日

山那边有雨

山那边有雨
泉州有雨

洛阳桥下长流水
是不是冲走了桥墩上的牡蛎
一千年的桥墩石上
可还砌着牡蛎的残迹?

微凉的雨

温暖的雨
愿好风如扇雨如帘
你在帘里?
我在帘里?

刺桐树下刺桐雨
枇杷树下枇杷雨
菩提树下菩提雨
隔着云山，隔着路
我听到雨声沥沥

甘棠巷早已不见甘棠树
老榕树的长须上挂着雨滴
花布伞上挂着雨
油纸伞上挂着雨
塑料伞上挂着雨
哪一朵伞下走着你?

你走在聚宝街上

还是井亭巷里
路上石板经多少
风萧瑟，雨淅沥
开元寺的南面
可不是还叫旧馆驿

斜风细雨中
你向哪里走去？
你登上东塔
还是西塔
在那高层铁马边
蝙蝠碰壁，燕子剪风又剪雨

海到无边天作岸
隔着雨丝和风片
你眺望我
我眺望你

故人都曾经沧海

隔着云山，隔着路
彼此相望百千程
并不在海市蜃楼里

山那边有雨
泉州有雨

1984 年 5 月 13 日

致 空 气

星光因你而闪烁
波光因你而摇曳
我的质朴到透明的朋友
你无所不在
又难寻踪迹

光明离我而去时
我沉在黑暗里

人们离我而去时
我沉在孤独里
失眠时，我从鼾息听到了你

只有你不肯把我抛弃
在我将要窒息的时候
掀动我的鼻翼
当我生命如丝的时候
陪伴着我呼吸

哪怕那污浊的地牢
使你也染上污浊
但你轻轻嘘着我的面颊
许我以湿咸的海风
森林草野的青气

直到走上自由的街头
路灯照着垂拂的柳丝
我还疑是布景和道具

你把丁香的芬芳吹送给我
这才是真的，真的春天的气息

踪迹难寻又无所不在
厮守身边却默无一语
影子会有离开的时候
你从不离开我，我也离不开你
永不分离，永不分离，到最后的一息

1984 年 5 月 13 日

雪

南方的孩子
眩耀海上窜动的阳光
炫耀遮住半边天的芭蕉叶
眩耀花，眩耀鸟，炫耀亚热带
　蜗牛一样大的雨滴
但你生来没有见过雪

怎能说懂得生活，懂得世界？

你的睫毛上和舌头上
没有落过甜雪花
怎能说懂得温柔

你没有审视过六角的雪花
你没有见过积雪成冰
没有听过夜半的冰裂
怎能说懂得创造，破坏和一尘不染的纯洁？

你没有在白毛风和老烟泡的疯狂里
跋涉过没膝的雪和无尽的夜路
怎能说懂得绝望、希望、凄厉和壮烈？

你没有听过漫天大雪
在山岗、冰河、屋顶、严冬的枯树间
如醉如痴地酣舞
飘落在地，在人们脚下

依然大声呼唤着什么
怎能说懂得献身的快乐和追求的迫切?

你没有在二月的山坡和屋檐
　望着积雪化为颤动的水汽弥漫空中
　化为檐滴丁冬
　或无声地洇湿了黑色的土地
怎能说懂得新的季节的讯息?

你如果不懂得得温柔、创造、破坏、纯洁、绝
　望、希望、凄厉、壮烈、快乐的献身、迫切
　的追求和新的季节的讯息
怎能说懂得生活，懂得世界?

这是我们北方的孩子
独有的财富和骄傲
雪
漫天的雪

1984 年 5 月 15 日

风　帆

风说

给我帆

与我相伴

天涯海角

水程万千

这样我就不寂寞了

不再是自言自语的流浪汉

我吹着口哨

却不再轻叹

绕过明礁又绕过暗礁

告别沙岸又告别岩岸

在没有航线的地方

从地平线奔向海平线

三分沉醉

七分狂欢

答应我

永不落下你
辉煌的、破损的船帆

帆说
给我风
充满心胸
如箭离弦
如鸟飞腾
这样我才真快乐
在无边无际的海上驰骋
我穿过雷电
又插入云层
迎过日出又送过日落
驶过波谷又驶过浪峰
在没有灯塔的地方
北斗南斗是我的航标灯
三分如梦
七分如醒
答应我

永远伴送我
自由的、颠簸的航行

1984 年 5 月 15 日

开　　花

多么好的阳光
多么好的阵雨
多么好的云天
多么好的森林和草地

开花吧
开花吧

我该开什么样的花儿
开红花还是黄花
开蓝花还是紫花

深知不会有
再一次花期
拼一生的情思
开放这一次

能够开花是幸福的
即使只开放一次
即使只开放一天
也是幸福的

因为
是在这可爱的大地上
开花啊！

1984 年 7 月 28 日

大兴安岭十八站—呼玛途中

听　蟋　蟀

二十年前此夜，初登
黑帮队双层床
大睡呼呼……
鼾声千古

二十年后今宵，听蟋蟀
锯断鼾声，锯断梦
Qququqququ，qququqququ

七月在野，八月在宇
十月钻到床下的古蟋蟀
就是这样锯着贫苦的豳人的鼾声
也锯着显赫的秦公墓主的梦吧

而晚春绿树间
听的还是

屈原、辛弃疾怕听的鶗鴂
还有那古老的深山里的鹧鸪

还有那柴门的犬吠
桑树颠的鸡鸣
一千年两千年三千年而依旧
鸡犬之心很古

为什么鼾声很古
而醒来后人心不古？

1986 年 8 月 25 日夜失眠作

手

我多想为你画一幅肖像
但是还没找到这支画笔！
——旧作

于是只剩下一张纸
留下你左手的轮廓
是你用右手随便拿起一支铅笔
随便地勾出来的

隔着岁月的烟云
我凝视着你纸上的手

你十指交叉，抚在桌上
你的眼睛望着哪里？
小指微微翘起，你安详
又灵活地织着毛线，窗外织着雨
你为自己梳头
你为小女孩扎小辫子，打蝴蝶结

你摘苹果
你磨镰刀

你的手指和青青秧苗

一齐插进水里

你洗菜
你洗衣

让我抚摸你掌心的茧子
让我把你皴裂的冻红的手
揣在怀里

我长久地凝视着
画在纸上的
你的手

一个梦
一个传说
一个古迹

1986 年 10 月 10 日

断　　句

走在
秋天的田野上
我问老托尔斯泰：

一切
成熟了的
都必须低垂着头么？

1987年2月23日

孤独的孢子

如果不能阻止，那么转过脸去
不要让我看见
你们无所事事的愤怒与惊愕

——舒婷《白天鹅》

不要笑我
一只傻狍子
听一声枪响
又一声枪响
没有被打中
但还不逃走

我知道，在这里
子弹有的是
从来不会放空枪
我知道，在这里
法律保护的也遭到杀戮
而狍子是不受保护的

不要看我
你惊慌的眼睛
你惶惑的眼睛
你们不懂得：为什么
我伫立在高高山岗上

回过头来，眯起眼睛寻找
冷枪的枪口

我看到瞄准镜前
凶残又怯懦的眼神
我看到那手指，终于又一次
扣动了扳机

不要管我
你们无能为力
我已倒下，热血汩汩地流
持枪者却不敢站出来
面对我的眼睛

不要哭我
我还没有死

1987 年

罗　累　莱

我寻求什么
来到遥远的海上
灿烂的阳光无所不在
从蓝天到微微起伏的波浪

所有的船和水手
祈祷着风平浪静
只要水程上没有风险
哪怕死一样沉寂无声

我的罗累莱　你在哪里
用你金黄的梳子梳头
又以你悠扬婉转的歌声
驱散我郁积的忧愁

让你的歌声掀动波澜

把我的灵魂震撼
宁愿如醉如狂地沉没
我也将死而无憾

我奔来　我眺望　我寻觅
辽阔的海上没有你的踪迹
没有你的歌声　只有我的呼喊
我的罗累莱　你在哪里

1988年8月，烟台

秋　风　辞

远方友人赠药一瓶，附短柬：
秋风多厉，君其珍摄。

横渡了半个世纪
布帆无恙

又遇三年前秋风

　十三年前秋风

　三十年前秋风

又遇一千年　两千年前秋风

摇落过多少木叶

凋零过多少芳草

阻挠过多少舟楫

吹熄了多少西窗的灯

风萧萧　唤起了

四野遐荒的

萧萧马鸣

1989 年秋

当我成为背影时

当我成为背影时
不必动情　不必心惊
只需悄悄地挥一挥手
如送一片云　一阵风
如送落日不再升起
如送不知何往的流星
人人都将成为背影
天地间一切都是过程

当我成为背影时
不要惜别　不要依恋
只需无言地目送一瞬
望断那长路伸向天边
望断那离去的孤帆远影
望断那明灭的灯火阑珊
所有的盛宴曲终人散

告别时何须相约再见

当我成为背影时
不用忧伤　不用叹息
请看我步履如此从容
不用问我到哪里去
不用问早年青春如梦
不用问路上雨雪霏霏
难忘的有一天也会忘记
日月长照　而人生如寄

当我连背影也匆匆消逝
遗忘吧　一切不值得悲哀
岁月的尘埃　落下又飞起
童心不再　青春不再
欢乐与揪心的时光不再
希望与失望的交织不再
不再回首叮咛：勿忘我
那歌儿　那花朵　都不会重来

1989 年

下编　五十弦（组诗）

锦瑟无端五十弦

一弦一柱思华年

——李商隐

忽忆及当年

　所有之女子……

——曹雪芹

最后的藤叶

——重读欧·亨利同名小说

如果我是窗前少女的眼睛
含愁数着病中的藤叶
也许我的生命最后会飘落
秋风秋雨中，这最后的一夜

如果我是年迈的画师
为夜雨枯藤添一片叶子
然后我病了，就与人间长辞
窗前的少女病去如抽丝

如果我是那片命运之叶
跟少女相望相慰到阳春
才从浓绿的枝蔓间飞去
在某一个紫藤花下的黄昏

1982年7月13日

燕祥重抄于2017年末

第一首

我们辜负过多少月光
空有月明如水
空有月色如霜

只剩夜凉如水
只剩心冷如霜
我们辜负过多少月光

1990年4月15日

第二首

曾经　少年时
全都不知珍惜
一次回眸　一次凝睇
一阵沉默　一阵笑语
一回欢聚　一回别离
当时说成是插曲

人生如歌
随早潮和晚潮退去
最值得追忆的
是再也听不到的插曲
被风声吹散的断句
被星光点亮的秘密
还有渐行渐远的
　被春雪融尽了的足迹

1990 年 4 月 15 日

第三首

走出了
你燃烧的火焰
又浸入你凛冽的冰水

淬火以后
我没有变成燕尾一样的利剪
偏化为剪不断理还乱的

　　雨丝风絮

1990 年 4 月 18 日

第四首

我不曾创作过
　一朵玲珑的雪花
　一只花纹的金龟子
　一株莎草　一枚枫叶
　一颗斑斓的雨花石
　一粒金黄的花蕊
　一片蜻蜓的透明的薄翼

我不曾给这世界
添加小小的一点东西
写满白纸上的象形文字
借的是亘古相传的符号
无意中泄露的轻愁
借的是远方的一声叹息

1990 年 4 月 19 日

第五首

什么人说过：唯独感激不是爱。

阴郁的日子
下雪的日子
没有酒是寂寞的
没有炭是寒冷的

你从冰封的路上来
雪天的炭
而我是尘封的酒

你温我　热我　煮我
以你的火点燃我的火
我不忍见你熄灭成灰
你不忍见我横流一醉

窗上冰花如刻

斗室却如春　微醺着
感激与安慰

1990 年 4 月 22 日

第六首

不懂事的孩子会泄漏天机
我不知道自己懂事不懂事
棋局上的青眼和白眼
纷纷投来数不清的暗示
普希金的黑桃皇后
却长久地使我发痴
而我只能专心地抚弦而歌
要么住手　望飞鸿远去
世界上有太多难解的谜
更难解微笑掩藏的秘密
记得你问我　什么叫莞尔而笑
我答说莞是水葱　莞草能够编席

唉　我原来真是个是不懂事的孩子
没有泄漏　没有解破　但错过了天机

第七首

是谁在轻轻摇动
我打开的玻璃窗呢

除了高树上的蝉鸣
再没有别的声音
除了豆蔓上的小花
再没有什么颤动
只有日影邻近着苍苔
范成大的日长篱落
谁还来跟我捉迷藏呢
拂脸的风　不凉也不热
无影无踪地　蹑手蹑脚地
砉然关上我身后的门
许多年前有一次穿窗而过

也是暑假末尾的一个早晨

1990 年 4 月 24 日

第八首

常常有这样的日子
雷阵雨突然而至
我突然中了魔法
向着暴风雨狂奔
统率着唤雨的斑鸠
　　　奋翅的鹰隼
闪光　轰鸣　披散羽毛
到惶乱的乌云中翻滚
然后随山洪直注河床
一匹瀑布袒开在白石上
请披阅　请捶打
我翻腾如海　迸溅千万朵浪花
喘息未定　又呼唤着虹彩的
不安分的灵魂

一串明丽的晴天被我忘记
唯独不忘那夏天的雷阵雨

第九首

什么样的音乐　输给你
细沙一样的私语
时间的沙漏　滴滴
一颗星落入黄河里

催眠又唤醒
醒来依旧乱梦凄迷
一页又一页　读不尽
攻城夺池　四面楚歌
草木皆兵　风声鹤唳
破釜沉舟背水一战的历史

我们自有我们的南柯一梦
我是负重的蚂蚁

而你是灰姑娘冠冕辉煌

夹道羽状叶的仪仗
在一阵阵槐花香里

第十首

不自由的地方　是我的祖国
可恨这古老的咒语
在失去了一切的自由以后
我是幸福的　因为
我还能自由地想你

你的一切不幸
都是我的缘故
我仅有的幸福：
为你祝福

第十一首

我相信了命运　在这一次
命运让我做你的影子
因为曾长久地寻觅
再不会脱身而去

直到夕阳时　你长长的影子
就是我长长的相思
不疲倦地追随着你
直到夕阳疲倦地沉落
而我就是笼罩着你的暮色

直到月亮照着你也照着我
我的相思是你的影子
在月光中洗过

直到风雨来了　无月无星
我就是风雨敲你的窗

你点起灯　就在你身边
伴你的是我

第十二首

生生灭灭
一劫多少年月?

一百次情缘
一千次邂逅
在茫茫人海中
难道是偶然遇到你

某年某月某日某时
某一株草花上
栖息着一只蝴蝶

人生只有一次
选择也只一次

第十三首

春夏之间
阴晴之间
碧绿的桑叶与桑叶之间
十指纤纤的采桑女啊
喂以桑间濮上的歌曲
采着春蚕到死的誓言

歌声如丝　誓言如丝
自己做梦　自己做茧
自己束缚自己　自己问自己
是破茧而飞　飞向自由的蓝天
飞向招引我的光明爝火
还是拚作一团丝
千丝万缕织成你
草色的裙　湖色的衣衫

第十四首

记忆中只有一次篝火
五月的夜　初苏的泥土
干燥的榆木和微湿的艾草的芳馨

在记忆的篝火边寻找到你
火舌舔着的歌声
光影摇荡着凝定的眼神

记忆也已经烧成灰烬
依旧怀念着篝火熊熊

尽管火热的情歌不是唱给我的：
那时候我们多么年轻

第十五首

诱惑不都是来自魔鬼
体贴与抽身

一念之间

无可改变的
岸向往海　海向往岸
朝朝夕夕　潮汐啮咬着沙滩

没有惊涛裂岸　只有
沙滩瓦解于潮水的拍抚
有淡淡的哀愁
有浓浓的嫉妒
温存和嗔责
都是一种享受

第十六首

风在寻找什么
在那夏夜的晴空
　　秋天的草地
　　以及一池春水里

聚了又散开的小小青萍
亮了又隐去的暑假星
扬起又落下的雨线
都已不留痕迹
风过处　只剩下空旷的街角
废纸卷着尘土翻飞
风啊再也找不到
只属于你我的秘密

第十七首

有一次　偶然经过渡头
我们天真地争论
河水会不会向西流

不会重复的寒暄
不会重复的聚首
不会重复的心曲
不会重复的

故做洒脱的分手

我们都不是哲人
在最世俗的生活里
忽然
你教我唱的那支歌
又倒流入心头

第十八首

后来我独自走过的桥
多过了我们一起走过的路

闹市里我们旁若无人
从来不留心自己的足迹
山石的苍苔　雨天的泥泞
匆匆走来又匆匆走去
不懂得流连也不懂得惜别
踏着紧张的开车铃声

在月台上牵手飞跑
那就是最后一次挥手相送
不懂得最难重拾的是渺小的欢乐
最难数清的是过去的脚印
不懂得相望不见的模糊的酸辛
竟会变成隐约的甜味
不懂得有一天回首来路
短短的同行都变得可贵
仿佛听见你一声呼唤
我从倦旅中瞿然而起

第十九首

所有的美丽都是夭折的

我以为宿债已经偿还

过去的并不轻易过去

大海枯干时
伤口有盐

我想忘记你的眉眼
你的痣却在微哂中闪现

我猜出你没说出的话
你罚我和自己的惆怅纠缠

第二十首

编年史遗忘了那一天
突如其来的一瞬间
蓝天醉了　我清醒
整个世界重新发现
四月的花瓣颤抖了一下
然后在寂静中认真舒展
阳光稍稍凝定了片刻
随之更明亮更年轻更温暖

我把一切都忘记了
我的情感我的存在我的语言
只倾听着将要来临的雷声
久久地久久地什么也没听见

一切由于你远远地一笑
向着我：晴空中的闪电

第二十一首

我再也不摘一朵花
让花瓣憔悴在书页里
把小小生命的摧残
作一次郊游的纪念
每一朵花有自己的青春
并且为自己的爱情而生
我没有权利折来瓶里
劫取不属于我的笑容

她们本来都与我无关
每一朵花如每一颗星斗
假如爱她们　该膜拜　尊重
把光芒和芬芳印在心头

谁说我爱的只是我的想象
因为你说：爱并不是占有

第二十二首

冰化雪消　蓝天下
你蒙着一段淡淡的绿烟
远方的小白桦树啊
羡慕你　每年有一个春天

羡慕你　轻轻卷着舌尖
仿佛重新学语
在风中轻轻舒着长臂
仿佛陌生地呼吸

你充满新奇地眺望世界
世界又一次接纳你

人间可有去年的少女?

第二十三首

那时的鸟已经飞去
那时的云已经散尽
那时的流水迟迟
　也终于东流不复返
没人能为我们做证

那一对年轻人走过来了
看他们相爱得多么虔诚
而且快乐

那快乐的双人
为什么不是我们

1990年4月—5月

第二十四首

我说：难道世界上的男男女女
都难逃讨厌的甜甜腻腻
什么没有你我就不活了
连语言也陈旧得发霉
还有猜谜样的指东说西
试探　怄气　半真半假的哭哭啼啼

我梦见我们是一对猎手
豪爽地对饮对舞对歌
骗腿上马并辔飞驰
黄尘起处云天空阔
我射中草海里出没的脱兔
而你一箭射中的是我

你大笑：这是错把希腊神话
改写成三流的通俗小说

1990 年 5 月 10 日

第二十五首

记得吗　我们一起凭栏
凝望着天边停泊的那朵云
不知从什么岁月漂来
由辉煌而暗淡　默默掉头
缓缓移动　依依不舍
驶向了暮霭沉沉

再也不会回归这个港口
却不顾前路有疾风苦雨
莫不是预感到波谲云诡
也将颠覆岸上的黄昏
怕看到那两双天真的眼睛
惊惧地面对无情的命运

1990 年 5 月 12 日

第二十六首

睫毛不是假的
眼光不是假的
颊上不是胭脂
唇上没有口红
我相信那笑也不是假的
一边笑一边吐出的话
也像我嗫嚅地咬着的
每个字一样真诚

我从来没想解释
为什么一见倾心

1990 年 5 月 15 日

第二十七首

你谛听着我的描述
这是长江这是黑龙江这是黄河
知道吗　你温软的掌心

就是我归宿的祖国

我审视着你的掌心
生命线爱情线事业线
容我把深深的祝福
编进献给你的预言

今天　不是明珠　是一枚红叶
平放在我粗粝的掌中
清晰的叶脉一如掌纹
春夏秋冬：这就是一生

第二十八首

时间伸展在我们面前
挂钟却老是提起过去
像吞吐烟云飞驰的列车
琐碎地数着一节节的枕木
也许是因为这老挂钟

有古色古香的雕花的关系

拥挤的世界无处诉说
在时间的边缘鼓起勇气
但钟摆的机械的秩序
干扰着莫逆于心的话题

谁能告诉我　那老挂钟在哪里
那时翘望的未来向哪里退去
二十四小时奔波的钟表
唤醒的都是回忆

第二十九首

不成串的也许是珠玑
所有的夸张都不诚实
我反正只有一个念头
决不吟唱“一万种情思”

相逢一时就是幸福的
何必侈谈一生一世
一生一世也是短暂的
不如峭壁上任何的岩石

最难再得的最怀念
最难重复的是佳期
花谢的时候　才忆起
只有花开才是花的节日

第三十首

吃过不该吃的果子
读过不该读的书

我多么小心翼翼地
读你：一篇童话　一首诗
说是等待我谱曲的歌词
没有危险处也召唤勇气

未经忧患已未卜先知

读你照人的笑　又读你严峻的预言

读你的嫣然和黯然

书页里抖出一朵马兰花

两叶书带草　来自

我们的那个湖畔

横渡归来　再读你

悄悄的遥远的消息

第三十一首

有一回　我随手拂去

轻轻沾在衣袖的柳絮

一千年的宿命

二分泥土　一分流水

四月的疏雨落在尘土上

扑鼻是你的气息
却再也不见柳絮翻飞
不知是　在土中　抑随水流去

轻轻的柳絮竟如此沉重
不能说青春无悔
直到入火成灰时
记得　你二十二岁

第三十二首

在嚎啕的大雨中
我兴冲冲如约而至

你是晴日的风铃
可别让暴雨打湿

1990 年 5 月 21 日

第三十三首

我多想为你画一张肖像
但我不敢画你于纸
但我不敢画你于壁
怕你如画中人走下来
拖着无声闪动的裙裾
忽然不见　隐入田螺壳里

我只画你于心
迟迟不点你的眼睛
怕秋水泛滥淹没一切
而我非鱼
只能遥遥地望着你叹息

我画你低眉敛眼
长睫把眼帘关闭
即使我于你只是个朦胧的影子
　愿长久地掩在你的梦里

1990 年 5 月 23 日

第三十四首

马是会流汗的　汗尽继之以血
马革会裹紧爱人　随风飞去
晴天会四垂如帐篷　笼罩大地
空中会撒下繁花
萤火会煽成闪电
雷电会在痛苦的震颤后垂泪
剑是会在匣中鸣的
松是会化为碧海涛声的
月亮会走　会轻敲着窗棂
朝云暮雨都会入梦
千里万里　大雁会传书
千年万年　石头会记忆
并且会点头会招手　迎送着来去的风帆
而红豆是会相思的

他们会的我也都会
只不会赢得你以心相许

第三十五首

哪怕只尝一滴　尝一滴蜜
何妨代价是就此死去
我们紧坐在一起　像怜悯自己
怜悯这逃亡的小小童僧
跟着他闯入深夜的暴风雨
跌打在高加索的悬崖丛林
呼吸艰难　不敢抚摸周身
没有封口的淌血的伤痕
你泼出了生命　寻找的是什么
让火热的心胸找到另一个火热的心胸
那格鲁吉亚的姑娘只是幻影吧
可有自由的鹰游弋在长空

孤独的姆采里
得到了三个自由的夜晚
双双的我们是两个姆采里
难道不该有快乐的一夕

第三十六首

是单调的风景　单调的轮声
还是我的絮叨使你厌倦
你睡了　如果我不在你的身边
你是否也睡得这样安恬
一只小鹿睡在林中草地上
梦见奔跑在深山饮在清泉
一切轻信都是危险的吗
你信任　不需要诺言
守着你　我必得学会温柔
想轻轻吻你　又不敢
你鼻翼翕张　毕竟不是小小孩
列车颠簸　也毕竟不是摇篮
不敢碰破你梦中的笑靥
笑靥中的梦　永远永远
让列车载着你　也载着我
纵然颠簸　但永不到站

1990 年 5 月 24 日

第三十七首

不要听信　不要在意
不要以为你是不美的

纤纤的小草　窄窄的空间
吐着绿　冒着尖　摇着小手
捧出星芒的小碎花
冷对乔木的华盖
小草的谦逊是美丽的
小草的骄傲也是美丽的

你的诚实美丽
你小小的狡狯也不是不美的
你的沉默美丽
你昂声抗辩也不是不美的

假如你是不美的
为什么遭到诅咒　妒嫉

不要以为你是不美的
因为可爱　所以美丽

1990 年 5 月 25 日

第三十八首

在你的屋檐下避雨
在你的果园里耘草
在你的油灯下话别
门外伸手不见五指

在所有黢黑的夜路上
望见你窗前的灯晕
在所有树伞的叶隙
蔚蓝着你果园的天空
但在哪里的屋檐下
能捕捉到你的语笑声

那也不复是你的屋檐

那也不复是你的果园
送走了我这过客以后
想你也离去匆匆

纵然曾把臂　终于交臂而过
没有屋檐能够避雨
草帽下都是过客

第三十九首

没有四季　只有春光
只有三月　四月　五月
穿梭的燕子　纷飞的柳花
没有暮色　只有晨光
只有燃烧的大地
金黄的菜花　紫色的明霞
嘹亮的嘹亮的嘹亮的
一支歌又一支歌
穿过岁月射向我

因为你唱过

那时你唱过
并不为回答我
你唱春天　唱早晨　唱花　唱朝霞
唱少年的憧憬和快乐
在那寒冷的季节
雨雪霏霏　冻红了你双颊
风沙漠漠　唱亮了我心窝

但我不敢再呼唤
怕你答我以沉默

1990 年 7 月 17 日

第四十首

我听到
某处风铃响了
那是风从远方来

拂过栏杆　拂过常春藤影
然后好像无意
却执拗地摇动风铃

我听到
某处钢琴响了
那是你在远方
拨弄一枚枚卵石
送潺潺溪水　伴潺潺轻愁
漫楼窗　漫墙垣　漫屋脊
漫过月明如水三千里

我听到
某处无弦琴响了
那是我独自在这里
失去如歌的行板
失去和声　对位　旋律
只剩下无所凭依的节奏
如砧杵捶打寒衣

如晚潮冲激礁石
如钟摆叩问岑寂
如我的心脏　忽疾忽徐

今　生　今　世
　今　年　今　夕

第四十一首

那一次
在秋天
草色还是青青的
邂逅清清湖水边
草未凋　湖水照见
你还穿着单薄的衣衫
互道珍重　相约记住
这个秋天　秋天的青草湖边

那个秋天
我们还是少年

初践那青青的草岸
初涉那清清的水湾
我们只是朦朦胧胧地感到
天很高地很阔道路很远
天涯何处没有芳草
何处没有湖水清涟

那个秋天
谁也没想到
纵然异地的春草年年泛青
陌生的流水也有熟悉的涟漪
不会再有同一方青草了
不会再有同一湾湖水了
不会再有那青草湖边
同一个新相知的秋天

水已流逝　草已凋谢
没有重逢的生离　就是死别

1990 年 9 月 5 日

第四十二首

你无论走得多远也不会走出我的心
黄昏时刻的树影
拖得再长也离不开树根

——《沙恭达罗》

原野乃有采不尽的草花
但愿那星星炫目的微笑
是我的祝福

祝福那采花盈掬的女孩
回眸一笑便转身跑回
而你直起腰来　将走向
草花不尽的远方
挥手者的手势以外
目送者的目光以外

华丽的夏天瞬即熄灭

阳光隐匿了　暗云层迭
你瘦弱的身影起伏草花之间
走不尽白雪覆盖的原野
整整一个冬天　我枉然地眺望
枉然地期待着　我无声的祝福
在寒风啸叫中伴随你

原野上铺着一年四季
白雪尽头融入了青青草色
哪一段地平线　哪一段春天
又有星星的草花眨眼
又有容易满足的小女孩
把三朵两朵草花插在发际
而你仍然彳亍前行
你也许顾不上采摘草花
我的祝福仍然追踪着
　你的深深浅浅的足迹

1990 年 11 月 5 日

第四十三首

最想见到你的时候
没有你的影子
最想听到你的时候
没有你的声息
我向送行的同志们告别
找来找去没有你

后来　生者的名单没有你
后来　死者的名单没有你
云散的同伴没有回音

只有你能回答我的问题
难道只有在我记忆中
才能找到你沉默的踪迹?

1991 年 5 月 31 日

第四十四首

（如果不能像花一样生活
为什么要有如花的美丽呢）

有一支恋歌忘记了开头
只是唱水面落花无数
有一个故事没有结尾
只是说后遂无人问津

古渡头抛荒于蔓草
问渡的人久久不来了
寻船的人来了又去了
船也流去　水也流去
生怕被流光抛到中途
失甑的人洒脱地掉头而去
买椟还珠者匆匆走过
紧锁着无从质对的秘密

（如果不曾像花一样生活
为什么要有关于花的记忆）

1991 年 6 月 1 日

第四十五首

多少次　多少次
我们相约在黄昏后
我们说不清黄昏是什么颜色

比黎明更温存
比白天更诱惑
于是我们像夕阳一样躲在树后
于是我们像流萤一样钻进草丛
于是我们像躁动的云
翻搅着棉絮包着的火

我们说不清黄昏是什么颜色
我们也说不清青春是什么声音

是默默的无言的期待
是倾听呼吸　血液的跳动
是悠悠的呼唤　喁喁私语
还是向着一支歌奔去
寻找遥远的回声

许多次　许多次
说不清黑夜怎样来临
徒然地盟誓着
快乐分享　忧愁与共
我们不知道　不知道
一切幸福都会化为不幸

1991 年 6 月 2 日

第四十六首

拥挤着的琐事之间
太熟悉的重复千遍
的看头知尾的故事

太熟悉的视而不见
的表情和动作的程式
正在习惯的默契中恹恹
欲睡　忽然吹亮眼睛
陌生的你破门而入　卷来
飘风和雪　清新的惊叹

另一天　轮流闪烁着
走马灯擦肩而过
须眉　脂粉　如穿梭
尽是冷漠的陌生的脸
我发现　我流落于冷漠
而陌生的梦境　误入了
非我的节日　急寻归路时
一只手扶上我的肩
是你　熟悉的你出现
不是梦　真实的掌心的温暖

第四十七首

还我天蓝　还我梦
还我四月鹧鸪声声
还我斗笠　还我伞
还我赤脚同行的旅程
还我漫过地平线的阳光
阳光角逐着云团滚动
还我稍纵即逝的闪电
久久回响的最初的雷声
还我暴风雨的前额
印着我欢乐的初吻
还我　那溅满泥泞和星光的
你的绝不凋谢的笑容

春天夏天全都输给了岁月
换取一个失败的人生

1991年6月3日

第四十八首

同舟共渡百年修

——谚语

即使我重溯那遥远的河流
船已在汽笛声中驶远了
即使我再登船流连舷边
你已漂泊到更远的河岸

曾有一句谨慎的笑话
飘散在遥远的河风里
曾有一片滞重的痴心
沉落在遥远的河水里

为了贪看云起云落
留住那直射斜射的阳光
忘了该在船栏上刻下指印
铭记我们失剑的地方

没有阴谋也没有惨案
只像一次遥远的梦游
总有舍船登上芳草岸的时候
远去的河水从不回头

遥远的聚首　遥远的分手
遥远的船歌　遥远的河流
长久地思念那短暂的同舟
我们曾失落　还是拥有?

1991 年 6 月 14 日

第四十九首

你的故乡也成了我的故乡
你的怀乡病也成了我的怀乡病
我跟随你回到故乡的童年
成了你童年的伙伴
你仿佛向往一个从未到过的地方
你的创伤成了我的创伤

你如数家珍　我悉心听取
你忽然不说了　我也黯然无语

有一天　你的故乡
不再像你梦中的模样
也不像在我梦中的模样
我不知道　走近它
我还会不会怯怯地放慢脚步
如一个久别的浪子

而我不是和你在一起
回到你久别的故乡
我只能是一个自认冷落的
陌生的过路的外乡人

第五十首

爱是不能乞讨的
施舍不是爱

爱是不需要多少言语的
就如诀别

我们一起凭栏
但我们不是亡国之君

信不信　饥饿苦难和妒嫉
弦断犹听的才是知音

第五十一首

爱情并不总是温存的
并不总是软语款款
并不总是莲叶何田田

鱼也并不总是游戏莲叶间
鱼腹何时被剪开
中藏尺素书　一字字
滴滴……滴血的倾诉

假如这鱼仍呼吸
沿河沿江游向大海

许多年后　谁逡巡沙滩
拾到晚潮推来的
一个鱼形的瓶子
密封着不知属于何人的
象形文字的姓名

第五十二首

已经无暇也无心
去辨别幸与不幸
我曾走入你的梦
你走入我的命运

如云如雾如烟
梦醒了影像模糊
只有你不得不久久

走着坎坷不尽的路

1991 年 6 月 17 日

第五十三首

有一个小小感情钟
与心脏比邻
每到风天　雨夜　花时
呼哨　淅沥　或啼或笑

从前　花都为欢忭而开
花开一串串节日
马缨花　槐花　甜桂花

我们只是在节日相逢
你就是我的节日
你的裙摆与风中的旗
激荡着一样的波纹
舞会上的陀螺　炫转于

灯火通明处

那时不能想象
节日如花凋落
不复见你如花
那时不能想象
一个人能长久地
在别人的节日里生活

第五十四首

照片！……曾比蜡炬
更快地化为灰烬
模糊的泪眼被火烘干

后来虽在许多人身上
发现你的影子
后来虽在许多眉眼间
觅到你的笑容

更多是在火舌舔我伤口的时候
每当我又把枉抛的心血
付诸一炬　跳跃的火立即点燃
你灼热的目光　向我逼问
这一遍焚稿是由于怯懦
　还是为了——尊严

1991 年 6 月 20 日

第五十五首

对你的感激　不费男人的眼泪
这一切也不是你之所求
你所做的　你视为当然
你伸出手来　当别人袖手的时候

无论你自己或围观者都不知道
只有我知道这需要多大的勇敢
究竟是怜悯　或仅仅是正直
忽然而降　陷我于不安

必须说服你千万不要爱我
我摆脱情感　而求助于理智
暗示着　爱是不爱　不爱是爱
请相信这诡辩中带血的恳挚

原谅我从你的手中　抽回发抖的手
宿命论让我把厄运担戴
不要与我同行　尽管我不得不从容走去
既然苦难又已经迎面而来

1990 年 4 月—1991 年 6 月